凌翔　夏海涛　主编

回到地面

朵朵　著

北京出版集团
北 京 出 版 社

图书在版编目（CIP）数据

回到地面 / 朵朵著 ； 凌翔，夏海涛主编 . — 北京 ：
北京出版社，2023.3
ISBN 978-7-200-17861-6

Ⅰ. ①回… Ⅱ. ①朵… ②凌… ③夏… Ⅲ. ①诗集—
中国—当代 Ⅳ. ① I227

中国国家版本馆 CIP 数据核字（2023）第 042952 号

回到地面
HUIDAO DIMIAN
朵朵 著
凌翔 夏海涛 主编

出　　版　北京出版集团
　　　　　北京出版社
地　　址　北京北三环中路 6 号
邮　　编　100120
网　　址　www.bph.com.cn
发　　行　北京出版集团
印　　刷　三河市中晟雅豪印务有限公司
经　　销　新华书店
开　　本　710 毫米 ×1000 毫米　1/16
印　　张　13
字　　数　27 千字
版　　次　2023 年 3 月第 1 版
印　　次　2023 年 3 月第 1 次印刷
书　　号　ISBN 978-7-200-17861-6
定　　价　59.80 元

总　序

儿童诗的特质与价值

有不少成年诗人与文学批评家对儿童诗不以为意，认为儿童诗是“小儿科”，这种误解和偏见与许多读者（专业读者与业余读者）认为整个儿童文学都是“小儿科”一样，性质完全相同。但是，这种对于儿童诗以及整个儿童文学的误解和偏见显然是站不住脚的。试想一下，我们只要让这些人去认真地读一读安徒生的童话作品，或者去读一读普希金的童话诗篇《渔夫和金鱼的故事》这类地地道道的儿童文学作品，他们一定会被这些儿童文学作品中深刻动人的思想艺术魅力深深吸引，进而被完全折服。由此可见，对于儿童诗，我们有重新认识的必要。回到中国当代儿童诗领域，柯岩、金波、任溶溶、高洪波、樊发稼、王宜振、徐鲁、金逸铭等知名儿童诗人，均创作出了一批思想艺术品位不俗的儿童诗精品力作，令人不可小觑。

理想层面的儿童诗确实不可小觑，主要体现在它独特的艺术特质方面。简单说来，其一，儿童诗具有单纯的审美品格。在这里，单纯等同于一种纯粹、透明的审美体验，有着复杂、高深的成人诗歌所不具备的动人美感（例如唐代诗人骆宾王的《咏鹅》与孟浩然的《春晓》）。其二，儿童诗具有童真的想象力。这种童真的想象力大胆、神奇，异想天开，最接近艺术的本质，它在思维层面属于原始思维或神话思维，因而其构建的意象画面充满神话色彩或童话意味。其三，儿童诗展示出儿童特有的敏锐直觉。在许多优秀的儿童诗作品中，小诗人们对于世界本相与事物奥秘的敏锐觉悟能力让人称奇，令绝大多数成年人自愧不如。与许多陈词滥调、想象力贫乏的成人诗歌相比，儿童诗这三个方面的艺术特质称得上难能可贵，而这与儿童天真、无邪、可爱、率真、聪敏的天性和人格关系密切。在某种程度上，儿童诗较之于成人诗歌在艺术价值及精神价值上反而会略胜一筹，因为儿童诗的想象力与纯粹性整体程度上要高于成人诗歌。正是在这个意义上，马克思高度赞扬《荷马史诗》展示出“人类童年时代所表现出来的无与伦比的想象力”，而这充分说明，“童心”或“赤子之心”在诗歌创作中所蕴含的巨大的艺术与精神创造力。也正是在这个意义上，英国 17 世纪诗坛巨匠弥尔顿这样赞颂儿童：“儿童引导成人，像晨光引导白昼”。由此可见，儿童的艺术创造天赋反而常常是优于成人的。

事实上也是如此，许多具有很高文学史地位的中国当代诗人，在其诗歌创作生涯中，都有意或无意地吸取儿童诗的艺术与思想精华，创作出了若干独具特色的儿童诗篇。现以朦胧诗人为例，梁小斌创作出了《雪白的墙》，舒婷创作出了《童话诗人》等地道的儿童诗篇，为他们的诗歌创作带来了新颖的审美情调与别样的艺术价值。

进入 21 世纪以来，中国儿童诗的创作进入了一个繁荣阶段（与中国当代诗歌创作的繁荣态势保持一种对应关系），出现了老中青几代儿童诗人“同台竞技”的可喜状况。尤其令人欣喜的是，近 10 年来，一大批儿童诗人（按照人们约定俗成的看法，14 周岁以下的小诗人被视为儿童诗人）茁壮成长，他们运用儿童思维、儿童语言、儿童情趣与儿童想象，创作出了数量众多、质量优异的本色化儿童诗篇，这些诗篇的艺术想象力出神入化，语言意象单纯自然，表现技巧圆润纯熟，思想意识深刻卓越，是超越了许多成年儿童诗人的创作水准的。小诗人们在儿童诗创作上的集中爆发与后来居上的可喜态势，预示着未来中国儿童诗良好的创作和发展前景，令人无限期待。

这次，凌翔、夏海涛两位先生主编了一套非常别致的诗丛，集中推出夏圣修的《雪是冬天的勋章》、李泽慧的《另一朵花开》、林蔚然的《林木蔚然》、孙嘉翌的《隐身》、朵朵的《回到地面》、黄豆逗的《天空停车场》、戴子岚的《我和四季有个约会》等多位年轻诗人的诗集。从这些题材丰富的儿童诗集中，我们可以鲜明地感受到这批诗人整体上展示出来的非凡创作天赋和巨大艺术潜力：他们共同拥有出色的、丰富的、童真的想象力，又各具特色。简单而论，夏圣修诗歌中的想象充满奇思妙想，修辞颇为老成，功底扎实；李泽慧诗歌中的想象展现出理性的品质，作者观察冷静，表达精准而节制；林蔚然诗歌中的想象与现实关怀精神有机地融合在一起，抒情气息浓郁，风格比较空灵；孙嘉翌诗歌中的想象则充满魔幻色彩，语言表达生动传神，风格幽默而机智，令人印象深刻；朵朵的诗有一种神秘而幽玄的洞见，在幼小的心灵里，过早地体验了成年的痛楚；黄豆逗的诗有神奇的拟物和角色互换，生动烂漫；戴子岚的诗则清纯又多彩，描述了童话般的自然与生活。

在此，衷心期望上述几位年轻诗人在诗歌创作的道路上执着地坚持下去，在保持自己独特艺术优势的同时，还应虚心从优秀的前辈与长辈诗人们那里汲取思想与艺术营养，努力让自己从一位小诗人成长为一位大诗人。

是为序。

谭五昌

2020年11月20日凌晨5点18分写于北京京师园

谭五昌，江西永新人，北京大学文学博士，海内外具有广泛影响力的诗歌评论家，现任北京师范大学中国当代新诗研究中心主任。已出版《20世纪中国新诗中的死亡想象》、《中国新诗排行榜》、《青年诗歌年鉴》、《“我们”散文诗群研究》、《在北师大课堂讲诗》（五卷本）等学术著作及诗歌类著作30余种。近年来，担任徐志摩诗歌奖、闻一多诗歌奖、海子诗歌奖、昌耀诗歌奖等国内重要诗歌奖项的评委与负责人。

目 录

第一卷 回到地面

一路上 002
得自由 003
小国王 004
生 气 005
当老师 006
回到地面 007
清 明 008
眨眼睛 009
当妈妈 010
花 011
母亲节 012
生 日 013
父亲节 014
美食节 015
打猎人 016
小时候 017
做买卖 018
为什么 019

去威海 020
骑　马 021
雪　花 022
看童话 023
花　朵 024
雨　刷 025
落　叶 026
田　野 027
树　叶 028
我　想 029
脚步声 030
雀　斑 031
看　相 032
神奇的城市 033
养　鱼 034
疗　伤 035
愿　望 036
收集水 037
神吃糖 038

第二卷　纳闷

风　吹 040
褥单的神奇 041
蜗　牛 042
找妈妈 044
仿《逃家小兔》 045
熊　猫 046

阳　光　047
银梳子　048
纳　闷　049
不理解　050
河流之一　051
河流之二　052
挖荠菜　053
画漫画　054
梦里读书　055
遗　憾　056
小　路　057
劳动节　058
九里香　059
五　指　060
六　一　061

掉　牙　062
变　063
找妈妈　064
台　风　065
芦　苇　066
演出的知了　067
丝　瓜　068
涂指甲　069
花　海　070
偶　然　071
蜜　蜂　072

雷　雨　073
问问云　074

第三卷　春天的力量

土　地　076
救　命　078
醒　来　079
黑　夜　080
倾　听　081
无　题　082
仓　鼠　083
一盆水　084
捕捉春风　085
读《夏洛的网》　086
和爸爸的分歧　087
对　视　088
曾　经　089
黄　昏　090
许　愿　091
在三亚　092
枣　树　094
雪　花　095
惊　蛰　096
春天的力量　097
心　情　098

第四卷　雾霾中的月亮

大象的眼泪　100
开学前夜　101
超能力　102
树　杈　103
树　墩　104
一支雪糕　105
长大了一天　106
冬　天　107
雾霾中的月亮　108
预　测　109
柳　树　110
飞　机　111
火车的窗口　112
包饺子　113
待那梦醒　114
夕　阳　115
放　风　116
养　龙　117
担　心　118
荷　119
走　路　120
知　了　121
皮特想飞　122
白天的月亮　123
我和祖国　124

公　主　126
偷月亮　127
拍雪花　128

第五卷　乌鸦是一张写字台

路　灯　130
深　秋　131
路　口　132
寒风中　133
味　道　134
感　言　135
鸟儿的慢　蜗牛的快　136
郊　外　138
乌鸦是一张写字台　139
风　景　140
秋　141
在超市里发生的　142
树上的计数器　143
国　度　144
写给爸爸生日　145
无　题　146
生日礼　147
驱蚊灯　148
秋雨中的槐树叶　149
眼　疮　150
观　月　151
误入迷宫　152

乡　村　153
下雪了　154
画　中　155
灯　笼　156
行　囊　157
等　待　158
上　课　159
赶往夏天　160
猫　眼　161
土　堆　162
雨　丝　163
草在奔跑　164
压　倒　165
背书包　166

雨中的一张纸卡　167
小战争　168
线　条　169
火烧云　170
死去的猫　171
与妈妈诉说　172
购　买　173
买奶茶　174
阴天小雨　175
朋友来　176
黑　猫　177
效　率　178

落　叶　179
汽　水　180
月　亮　181
妈妈的苹果　182
居　家　183
吃柚子　184
一棵白菜　185

诗歌评论

非凡——给朵朵的短评　187
与朵朵《回到地面》对诗　188

后记　童心与天性　189

第一卷　回到地面

一路上

太阳快落山了
圆又圆
红彤彤
把它抱下来
天就不黑了

小羊吃草
吃到最后把灯笼也吃了

天上一片黑云是一只老鹰
天上一朵白云是一顶草帽

得自由

妈妈，我的那双小袜子
终于获得自由了

因为我把它们挂到树叶上啦

小国王

一个小男孩儿
他一岁就当国王啦
他坐着飞毯
要给坏人当帮手
他的嘴上衔着一个奶嘴儿
说：“这就是我最有力的武器。”

生　气

你一生气
就会杀死很多细胞
是不是啊

我要把你的微笑偷走了

当老师

现在我是郑老师
现在我们休息五分钟
喝水的喝水
方便的方便
然后我们继续读书

现在我是张老师
下课后我要去一趟北京
我走后让张正管理班级
一定要把同学们管好

回到地面

要是笑过了头
你就会飞到天上去
要想回到地面
你必须做一件伤心事

清　明

我没找到杏花村
也没看见牧童
但我找到了木头房子
木头房子里
养着木头孩子

眨眼睛

我们在眨眼睛
星星为什么也眨眼睛呀
那是为人们引路呀

夜里的动物们
打着不同声音的呼噜

当妈妈

小猪憨憨的
见了面具会害怕
所以我要当他的妈妈

谁要欺负他
我就教训他
如果小偷欺负他
我就把他抓起来
如果强盗欺负他
我就把他赶走

花

你看
这朵花美得
娇媚极了

母亲节

妈妈就是一个节日

我来把你欢度

生　日

今天是我的生日
布谷鸟叫了
可以播种了
燕子们来帮忙啦
感谢爸爸妈妈
感谢天
天从来不过生日

父亲节

我送给爱劳动的爸爸
一件衬衫
还有一朵小花
开给爸爸看
再把懒惰的孩子送给爸爸

美食节

如果今天是美食节
我们就会吃到薯条
吃到鸡腿、冰激凌
连我都是面粉和蜂蜜
做成的蛋糕宝宝
衣服是大饼
耳朵是月饼
脖子是长短麻花
脸是大包子
眼睛是小糖果
玻璃纸做眼镜
看到的人都是甜的

打猎人

成群的鸟在天上飞
如果飞累了
它们就落在电线上
如果有一只鸟
一下子从天上掉下来
那应该是猎人打的
我再去打猎人

小时候

看见月亮
我就想到小时候
因为那里面
有我小时候的影子

做买卖

做买卖

卖锅卖手套也卖渔网

卖手镯卖剪刀也卖喇叭

卖名著卖《论语》也卖小人书

为什么

我不是树
我不是小草
我不是萝卜
我叫朵朵
可也不是一朵花儿呀
那你们为什么还整天研究我

去威海

花朵在飘落
天空云朵忙
屋檐燕子飞
大风把我吹

我太轻
风太沉

我冲上半山坡
我穿过暴风雨
威海
怎么还不到

骑　马

马儿马儿
奔跑在草地里
有着绿色的鬃毛
飞过了围墙
我就这样骑着爸爸继续奔跑
妈妈吃着香喷喷的米饭
笑看我滚下马来

雪　花

这栅栏不许人进去
可雪花就能进去
她可以不遵守规则
因为她从天上来
她可以到任何地方去

看童话

小虫子
被两个蜘蛛欺负
让它睡到垃圾桶的里边
只有一只咖啡色的朋友
来陪它
它看到妈妈在月亮上
抱着它

看到这里我哭了

花朵

那些花朵像水母一样在游动
也像是千万只手
有的在鼓掌欢迎我
有的在抱怨我
有的还想打我

雨 刷

雨刷一左一右
刮雨
有青蛙的叫声
是在鼓劲
又像朝着什么磕头

落　叶

落叶像小鸟般飞来
落到地上变金币
我踩着金币行走
像走在金光路上

田　野

我看见一只狗
它在叫
它在转圈
我拔起一棵草
带起了一片田野

树　叶

一片叶子
像蝙蝠一样
倒挂在树枝上
又像一个孩子
孤零零的
在那里哭

我　想

狗会飞
鸟会走
男人是橱柜
女人像灯一样亮
树叶长大
像蜗牛一样爬得那么慢

脚步声

我能听出来
爸爸的脚步声
像一百只狮子加一百只老虎
一齐吼叫
妈妈的脚步声
像风吹到树叶上一样
沙沙作响
而我的脚步
像水滴落进池塘一样
发出滴答滴答的声音

雀 斑

脸上的雀斑
像一只只小小的麻雀
有的在跳舞
有的在飞翔

雀斑在脸上
就是白日里的黑星星

看相

我一看你的袜子
就知道你是个邋遢的人

我一看你的眼睛
就知道你是个可疑的人

我一看你的头发
就知道你是个经历过
很多事情的人

我一看你的笑容
就知道你是个纯洁的人

神奇的城市

我们住在一座神奇的城市里
鸟儿在天空中玩耍
鱼儿在河水里玩耍
花儿和小草有保姆
专门照顾它们
汽车乖乖停下
我们手拉着手走过斑马线
小蜗牛爬过
我们也不能踩着它

呀！火车在远方
好像一条小蛇在飞

养 鱼

我们家养鱼了
你不要担心
只要我们按时换水
按时给它们喂鱼食
它们就不会死
永远在游泳
我妈妈一个人在家
就不会孤单了
尽管过去家里养着一群洋娃娃
可它们不会说话
没办法与妈妈交流
这些鱼呢
它们游泳妈妈就欢喜
我也快乐
我用牙齿为它们伴奏

疗 伤

小鸟在天空中向我飞来
它受伤了
落在我的手上
我爱你小鸟
我要为你疗伤
然后把你放飞
我会远远地看着你

愿 望

山中有很多老虎
我要把它们骑一遍
海里有很多鲨鱼
我要把它们摸一遍

可世界上有那么多树叶
我不能一一看遍

收集水

白熊是被施了魔法的弟弟
它的手被巫婆打断了

所以我得偷偷照顾它
我在收集水
是为了给它喝
把它悄悄变回人形

神吃糖

妈妈不能吃糖
妈妈吃糖会牙疼
我能吃糖
因为我是神
神是与人反着的
吃糖就不牙疼
不吃糖就牙疼

第二卷　纳闷

风　吹

风吹起涟漪
感觉小船在动

风吹我
谁又在吹风呢

褥单的神奇

我捏着褥单的中心
一直向上提
就像升起了一座喜马拉雅山
我放开手
它像海浪一样
在床上铺开

蜗　牛

如果你喜欢我
你就把角伸长
如果你不喜欢我
你就把角缩短

你在我的手上
画一条辅助线
那是爱的痕迹

你的心是一只鸟儿
可我的手是一只笼子

我能做的
是把自由还给你
我把你放到大自然里
那里才是你的家

你在草丛里
玩耍，生活，成长
那里有你的妈妈

找妈妈

看看窗外
秋天的云朵像柔软的床
妈妈还没回来

我戴上巫师帽
牵上玩具狗
骑上摩托车
去找云朵问一问
看见我妈没

啪——门开了
妈妈出现在门口

仿《逃家小兔》

如果我是一滴水
藏进大海里
你就变成鲸鱼
用嘴巴去找我

如果我是一株草
你就变成露珠装饰我

如果我是一片瓦
你就变成红房子
你把我戴在头上美美的

如果我变成一把钥匙
你就变成一扇门
让我打开你
一步回到家

熊 猫

我看到了好几只熊猫
它们总是在
吃
吃竹叶
看着它们的黑眼圈儿
我想问
它们到底几点睡觉

阳　光

这阳光
真亮
像给万物涂上了闪粉

银梳子

银梳子
来自银河系
它闪着星光
银梳子
来自古老的民族
银梳子梳头发
梳得跟眼珠儿一样黑

纳　闷

跳了三个小时舞
我们都长出翅膀
我们问老师
这样怎么出门呀
先把翅膀摘下来
挂在墙上
等下节课
跳天空舞时再长上

不理解

走在一条小路上
来到一片荒凉的雪原

许多人
在堆雪人

这是在夏天
它们却不融化

河流之一

一条大河是母亲河
波浪是她的卷发
漩涡是她的眼睛
一片黑色的塑料袋
是她长出的黑痦子

她率领着一群小河宝宝
我盼着下大雨
小河宝宝成长壮大
纷纷流向母亲河

河流之二

一条小河
环抱着我
让我在里面游泳

一条大河向东流
环抱着全世界的人
在里面游泳

把我的头发散开吧
我身披一条河流

挖荠菜

梅花开了
我迎着春风去挖荠菜
从麦地里挖出的荠菜
像一群娃娃

中间还遇到了一只
二十星瓢虫

画漫画

我画了一张漫画
有些不满意
擦了重新画
还不如第一张
继续擦
继续画
直到笔头折断
纸被擦破

梦里读书

去年
我在梦里读书
读一本侦探小说
读到四十八页
昨夜梦里又接上
读到五十二页
我准备在下次的梦里
继续读

遗　憾

梦里
我收到一盒巧克力
里面有小熊和雪花形状的巧克力
为了攒到一百颗
流口水我就忍着
没有吃它们
可醒来知道是个梦
后悔在梦里
没有吃两颗过过瘾
而现在
又不能把它们搬到现实里来

小　路

一条小路
弯弯曲曲
像我的一根头发

劳动节

我要当勤劳的渔夫
来自《一千零一夜》
从大海里捞到一只怪兽
我把它锁在
有文字的故事里
让它永远在里面学习

九里香

九里香花开
九里香

九里香花落
一里香

九里香花开花落
处处留香

五　指

黑夜里
伸手不见五指
更不见脚趾

黎明中
伸手看见五指
还是不见脚趾

脚趾举起来
会把自己摔倒
五指举在黎明中
被黎明染红

六　一

我们一起去游园
他们有买雪碧的
有买冰棍儿的
有买烤串的

我买了一顶帽子
走着
像一名记者
蹲下
像一块彩色的石头

掉　牙

妈妈小时候换牙时
牙齿是自己脱落的
将上牙
埋在土里
将下牙
扔到屋檐上
新牙齿就会长得更好

我换牙时
有一颗牙齿没有自己脱落
是被医生拔下来的
我把它装在瓶子里

它很舒服
又很难过
它再也不能
自由自在地咀嚼食物了

变

如果我长出了翅膀
我就变成了鸟儿
在天上飞

如果我长出了尾巴
我就变成了鱼
在水里游

如果我想吃妈妈做的饭了
我就变回了人

找妈妈

这么多孩子
都在找妈妈
他们都在喊
妈妈、妈妈
所以我不能再喊妈妈了
我只有喊妈妈的名字
才能找到自己的妈妈

台　风

台风来了
它比我跑得还要快
我想到的是
我的头发要遭殃了
我的头发
已经是乌云密布

芦　苇

风中的芦苇
在舞蹈
像是很多把扇子在晃动

风中的芦苇
像是众多的臣民
向国王参拜

演出的知了

知了是一位忙碌的歌手
它一天到晚要么在排练
要么在演出
它唱的歌比蚊子好听
但当它把翅膀做成裙子
还飞起来
表演就失败了

丝　瓜

感谢这根漏水管
它漏出的水
浇灌了一棵丝瓜

大叶子撑起凉棚
遮着小小的家

它的触丝像虫子
爬上我的手

涂指甲

涂上指甲油
女孩穿上新衣裳
在阳光里举起你的手吧
这双手在演出

花　海

我吃着一根美味的冰棍
看着一片美丽的花海
它们像浪头
一拨一拨向我涌来

偶　然

他本来不会写诗
是诗来找他
帮他找到了一个灵魂

蜜　蜂

蜜蜂是小偷
它们把花丛中的蜜
都偷走了
蝴蝶飞来
帮着收拾那些花粉

雷　雨

雷公用力过猛
把鼓敲破了
又来到店里买鼓
所以雷声停了

雨还哗哗下
地上成了河
滨州成了海

雨停了
清新的风扑过来

问问云

如果说清水蒸发
变成了白云
是不是黑水蒸发
变成了黑云
那黄河水蒸发
怎么不见黄云
那红河水蒸发
怎么不见红云
那房子里也有水呀
怎么什么云也没有

我看到云在天上走
我第一次知道它是行云

第三卷　春天的力量

土　地

土地养育着我们
花草树木是我们的兄弟姐妹
没有了土地
它们就纷纷离去
人类制造了那么多的垃圾
污染了土地
毁掉了森林
那些动物
狐狸、狼、老虎
也失去了家园
它们伤心欲绝
它们说
人类，你们为什么这么自私
狼在夜晚哭了
它那凄凉的长嚎划过夜空
可我们还以为
没有了土地

还能快乐地生活
而没有了土地
就没有了粮食
我们会被饿死
没有了土地
就没有了水
我们会被渴死
没有了土地
也就没有了空气
我们会无法呼吸
再过一千年
荒凉的土地上
只有废弃的塑料袋
和废电池

救 命

狗和鞋子都落水了
救出了狗
还要去救鞋子

老师说
万物都有生命

狗守护着我们的家门
鞋子保护着我们的双脚

醒　来

我从睡梦中醒来
吓了一跳
我身边睡着一只蝴蝶
可妈妈却不见了
我大声叫着
只看见那只蝴蝶
静静地绣在
妈妈脱下的睡衣上

黑　夜

他从黑夜里来
披着苦难
他走到光明里去
为了寻找幸福

倾　听

我单腿站在一块石阶上
双手合十倾听鸟鸣

树上的鸟儿在叫
有的叫得像碎银子
有的叫得像小溪流

喜鹊叫得跟青蛙一样
呱呱呱
还有一只小小鸟
它叫得就像是老鼠
吱吱吱

无　题

课堂上
老师忽然点名
让我讲国学故事
我毫无准备
把故事讲得吞吞吐吐
在同学们的笑声中
我的脸
东西南北没处搁

仓鼠

田野里的麦穗
诱惑仓鼠
来搬运
我把仓鼠
装进笼子带回家
给它们充足的食物
还有水
在温暖的客厅里
它们睡得跟小猪一样

一盆水

把一盆水
放到冬天的夜晚
它能逮住月亮和星星

第二天结冰了
月亮和星星
印在了冰面上

捕捉春风

春风吹到草地上
草地绿了
春风吹到大树上
树枝发芽
春风吹到我的眼睛
我的眼睛眯起来
把花儿看扁了

读《夏洛的网》

我不喜欢《夏洛的网》的结局
因为最后小蜘蛛夏洛死了
它太可怜
只陪伴了我一本书的时间

但我能让它重生
就是再看一遍这本书

但我知道它终究会死去
我还是把书翻到它最幸福的那一页
希望它永远不死

可风会在我不经意的时候
把书吹到最后一页

和爸爸的分歧

爸爸说
这只仓鼠太凶猛
喂它食物
它还扑上来咬人
爸爸主张把它送走
我说
仓鼠身体太小
眼睛看到的仅仅是
一只手
它并没有看到食物
所以应该原谅它

对 视

我从你的眼睛里
看见了我
我从你的眼睛里的
我的眼睛里
看见了你
我们就是这样
对视着

曾 经

第一次做一件事
仿佛曾经做过一样
第一次到某地
仿佛曾经到过一样
第一次见到那个人
他的手势
他的眼神
仿佛曾经见到过一样

黄　昏

我在黄昏骑自行车
骑得飞快

我突然摔倒在地
发现一只蚂蚁
正在把它死去的同伴
叼回窝里

许　愿

一个孩子
对着一个蛋糕
妈妈让他许个愿
他默默地说
希望我能吃掉这个蛋糕

在三亚

如果海水温和
风平浪静
我就到海里游泳

我还可以乘动感快艇
玩漂移
我害怕自己
被摔飞了

如果海水愤怒
风急浪高
我只能把手中的火腿肠
扔过去
给海浪吃

只能把脚
放进海水里
让它游一游

枣　树

冬天的枣树
叶子全落光了
仍然有婀娜多姿的树枝
阳光照耀
它们在天空中
显得有些幽蓝

雪 花

一片雪花落到手心
慢慢变成了一滴水
一滴水升到天空
变成一朵云
云朵上飘着我的诗句

惊　蛰

打雷了
雷声惊醒了鸟巢里的鸟儿
它们就要展开翅膀

雷声唤醒了汉字
汉字带上韵脚
去书写大地上的万物
去书写在冬天穿着棉袄
春风中穿上单衣的人

春天的力量

老师笑着折下一根树枝
她要动用春天的力量
她用树枝轻轻拍在我们身上
结果拍出了一串串鸟叫

心情

检查完作业
我吵着让爸爸给我买了一杯奶茶
多么芬芳啊
寒冷的冬日
阳光却格外的好
地上残留的积雪在一点点消融

第四卷　雾霾中的月亮

大象的眼泪

大象的眼睛那么大
它的两滴眼泪
涌出来
像两颗珍珠

开学前夜

明天开学
我激动又恐慌
我流了很多泪
打湿了妈妈的枕头
然后我枕上自己的枕头
睡着了
妈妈枕着带着我泪水的枕头
一夜都没有入睡

超能力

每个人都有自己的超能力
只是有人没发现

我的超能力是分身
又能隐去

你喊我
我会出来的

你不要到人海中去搜寻我
这样的你
看上去像个盲人

树　杈

树杈上有一块疤
疤上有个洞
像一个锁眼儿
如果我们开启它
里面应该有一个新世界
还有许多新鲜的小丑

树 墩

马路边的一棵大树
被锯掉了
只剩下树墩
我走到这里
累了
正好坐在上面休息

这是大树留下的
最后的温暖

一支雪糕

一个夏天的星期四
你答应过我
给我买一支雪糕

现在是秋天
我看见金黄的落叶
想起了那支雪糕

我看见鸽子飞过
想起了那支雪糕

来世我还做你的女儿
缠着你
要那支雪糕

长大了一天

我和张升阳玩不笑的游戏
昨天玩的时候他笑了
笑了就败了
今天他说他长大了一天
就不笑了
不笑就赢了
我看着他不笑
我看着他长大了一天
我笑了
我败了

冬　天

到了冬天
我们的心变成了火炉
我们的愿望被蒸熟了
所以我们每天都哈着热气

雾霾中的月亮

雾霾中的月亮
脏兮兮的
像蒙着一块破抹布
我们已经不能
再用它去思念故乡了

预　测

天气可以预测
人心不可以预测
人心很深很深
弯弯曲曲
不可以预测

柳　树

我要学习一棵柳树
成为一个拥有四季的人
用一根柳枝做指挥棒
就有一支鸟儿的队伍整齐飞过
在我脸颊上留下鸟鸣
有一只鸟儿留在枝条上
想盖房子
柳条太弱撑不住

飞　机

小飞机在天上
像一颗小虎牙
静静地飞
拖出的银线
像笑弯的嘴角

火车的窗口

坐上火车
你旁边有一个窗口
窗口虽小
却装满了一路的风景
当它关闭时
我听见外面下起了暴雨
也许外面落下一颗星星
也许火车飞上了天

包饺子

新冠感染疫情未退
我们还是隔离在家里

今天包饺子
切白菜和面
可我想的是
用池塘的水波做饺子皮
把懒洋洋的春光
和柳树刚刚冒出的芽尖
也包进去

香喷喷的饺子
搭上纸叠的飞机
给有疫情的医院送过去

待那梦醒

那柳叶何时飘

那桃花何时绽

口罩犹遮面

待到那梦醒

一切都让风惊叹不已

夕 阳

天还未黑
人已稀少
只有夕阳
等待归巢的鸟儿

放　风

摘一朵梅花
插在自己的发间
采一朵芝麻花
戴到爸爸头上

大蝴蝶像两片瓦
飞来飞去

麻雀聚在一起
像一堆会叫的鹅卵石

养　龙

我和同伴
去了一家宠物店
店主是认识我爸爸的熟人
他让我们各选一只免费宠物
同伴抱了一只猫走了
我说要一条龙
店主给我一个包
说里面包着龙
我抱回家打开看
里面是一个梦
原来我在梦里

担　心

嫦娥飞去月宫居住
已经很久很久了
可我只要一想起这件事
就担心她怀抱的兔子
随时掉下来

荷

满池漂荡着绿色的荷叶
打朵儿的荷花
像坠落的星星
捡不起来

走 路

低着头走路
就是走在地上
仰着头走路
好像走在天上

妈妈牵着我的左手
我的右手
牵着一只尚未存在的狗狗

知　了

众多的知了
突然一起失声
这里面仿佛有一种默契

然后一只两只三只
又一起叫起来

众多的荷叶
都张开蓬勃的耳朵

皮特想飞

早上醒来
第一件事
就是摸一摸床头上
那一本《皮特想飞》还在不在

因为书里的小熊皮特
要飞上天
一直在制造工具
我害怕在我睡觉时
皮特的工具制造成功
就带着这本书
悄悄从窗口飞走了

白天的月亮

白天有时也能看到月亮
轻薄得好像一张脸皮

看起来是那么的苍白
好像连树枝都挂不住它

我和祖国

我和我的祖国啊
是同一朵蘑菇
你是伞面
我是伞柱
你遮住阳光啊
我顶着你

我和我的祖国啊
是同一只鸟儿
你是翅膀
我是嘴
我在唱歌啊
你带着我飞

我和我的祖国啊
是同一座老房子
你是青青屋檐

我是嘎吱的门
你管着遮风挡雨啊
我管着进进出出
房子里住着全部的亲人

我和我的祖国啊
你是我的母亲
我是你的孩子
我哭着笑着
跟你要糖果和衣服
河流是你的血脉啊
高山是你的骨

我就这样永远和你在一起

公 主

本来我想当公主
我读到这么多的公主
有的还嫁给王子
可她们都失去了
自己的妈妈
她们花很多钱
给妈妈立上昂贵的墓碑
她们抱住墓碑
却抱不住妈妈
我只好放弃最初的想法

偷月亮

月亮太美了
我想偷回家
又怕嫦娥不愿意

我给玉兔寄去一袋胡萝卜
希望它把月亮偷来
玉兔却寄给我一片月光

嫦娥还在月亮中寂寞地飞舞

拍雪花

我在冬天的雪地中散步
拿着手机拍来拍去
雪花朝着我迎面扑来
一不小心
将整个冬天拥入怀中
千千万万的雪花落在世界的脸上
一点一点
绘制出冬天的模样

第五卷　乌鸦是一张写字台

路　灯

傍晚
我与妈妈出门散步
空气湿湿的冷冷的
这时一盏盏路灯亮了起来
它们看起来那么瘦弱
却帮助我们克服了对黑暗的恐惧

每个夜晚
当人们低头抱着手机
从它们面前走过
谁也不去想
这光明从哪里来
谁也不去想
它们也许孤独
也需要一盏灯
来把它们照亮

深　秋

在去琴房的路上
一伸手
就接住了一片飘落的枫叶
还有一串鸟叫跟过来
我把落叶放在琴箱上
我弹出的琴声
飞扬在铺满了枫叶的深秋里

路　口

一辆汽车驶过路口
车身上带着落叶
一看就是被风吹雨打过的样子

寒风中

一只鸟儿
独自立在光秃秃的树枝上
一阵寒风吹来
把鸟儿吹歪了

它的羽毛也随风抖动

味　道

一朵雪花
从鸟翅上飘来
落在我的掌心
我把鼻子凑上去
闻一闻
闻到云的味道
一会儿
化成一滴水
闻一闻
又闻到春天的味道

感　言

冬天把我的嘴巴冻住了
不能发表对世界的感言
等到春天来了
冰雪融化
我的嘴就能说话了

鸟儿的慢　蜗牛的快

鸟儿很快
蜗牛很慢

如果你试着碰一下蜗牛的触角
它把触角缩进壳子的速度
像闪电
远远要比鸟儿
从北方飞到南方的速度快得多

蜗牛在地图上
从北方爬到南方
仅仅需要一分钟
而鸟儿用它的羽翼
滑行在天空之上
需要从花开到叶落的时间

这就是
鸟儿的慢
蜗牛的快

郊　外

从车窗向外望去
郊外显得荒凉
一缕缕柳丝
遮住村庄的屋顶

几个孩童隐隐约约
像买到了橘子糖

乌鸦是一张写字台

乌鸦是一张写字台
我在飞翔中学习
在天上书写

我读云朵
也读树叶和星星
我拔下一根羽毛
写下鸟叫
写下蝉鸣

我的课堂在飞翔中
乌鸦是一张写字台

风　景

外卖小哥骑着电动摩托
侧筐里装着外卖
后座上带着他儿子
他俩后背上都画着一只袋鼠
一路跑着
春风吹着他们的头发
吹着他们的衣帽
仿佛是在飞

秋

秋天是个娃
他常常会哭
仔细听
那哭声轻轻的
像肥皂划过手心

秋娃你在哪儿呢
但愿你在兔子先生为冬眠收藏的松果里
风想抓住他
他却变成了片片雪花

在超市里发生的

我和妈妈去超市
人们都忙着购物
我妈妈也忙着购物
只有我到处闲逛
在一个边角上
我看到两位老奶奶
她们手拉着手
我听到其中一位老奶奶说
“这也许是我们最后一次见面了。”
另一位老奶奶点了点头
我跑到一旁哭了
人们还都在忙着购物

树上的计数器

春天太短暂
让我留不住她
只留下一片落花夹在课本里

我一早看到楼下
保安拿了计数器
挂在一棵大树的细枝上
他难道是想记下春天的脚步

国 度

一小块湿地
就是一个国度
驮着宫殿的蜗牛国王
蚯蚓是他的农夫
可现实的水泥地面
不断啃食这块湿地
它们一爬出这个国度
就在水泥地上被晒死

写给爸爸生日

爸爸
我祝你快乐幸福
寿比南山
我是你永远的宝贝

无　题

何时才能盼来下一抹春意
何时才能望到新燕儿归来
何时才能再次进入你的梦中
触碰你的脸庞
我这样想着
秋风将一片落叶送到窗前
像是送来一枚信笺

生日礼

今天是爸爸的生日
正巧秋天也随之到来了
秋天送给了爸爸一片金黄的枫叶

夜晚就能看到银河
而夏天走得匆忙
只给爸爸留下许多汗珠

驱蚊灯

半夜里我因为害怕
睡不着
从床上爬起来
在黑夜中
我看见一束光
我想抓过来挥动
可抓不住

我发现那是一盏驱蚊灯
把蚊子赶走了
我更孤单

可它的光在黑暗中
是我恐惧之心的救赎

秋雨中的槐树叶

秋雨中
槐树的叶子一片一片
落在地上
还是翠绿翠绿
好像它们还要返回枝头

过了几天
它们已成了泥

眼疮

疮长在身上只是疼
我生来第一次患上眼疮
人一分钟眨二十次眼睛
每眨一下眼睛就疼一下
每眨一下眼睛
看到的世界也疼一下

观　月

风把我的思念带到月亮上
它会在月亮上发芽吗
流星将我的梦想带到月亮上
它会在桂花树上开花吗

误入迷宫

遇到一家游乐场
想进去玩
结果误入了迷宫
转来转去怎么也出不来
外面的世界只有一墙之隔
可我就是出不去

乡　村

今天我来到了乡村
残破的砖墙旁边
飘着阵阵的玉米香

屋檐下飘动着血色的红叶
这是最细微的爱国情

猫咪的胡须在阳光的照射下
倒影显得格外细长
像灵活的藤蔓

它爬上桌子
与那些水果
一本《孝经》
一副眼镜
一同发出清甜的香气
这是一组美好的乡村景物

下雪了

在立冬的当日
片片飞舞的雪花中
下班的人们回家吃饺子

最初的雪
还没来得及落到地上就化掉了
雪落在了所有地方
落叶上
亭子上
柳枝被雪压得打弯儿

我开窗去看
雪花也落在我的眉梢上
雪花在肆意地起舞
白茫茫的一片

外卖小哥带着一身风雪
敲门
给我送来了一杯热奶茶

画　中

冬日的暖阳
照着一幅泛黄的古画
仿佛现实就在旧时光里
我也在一刹那
回到了画中
我在草木之间跳跃
在山水之间穿梭
云朵围绕在我的身旁
又不知谁
画进一簇郁金香
惊扰了我的梦中画

灯 笼

在手机上下载一个灯笼
它真的在发光
照亮了我的屏幕
照亮了我的手机壳
照亮了我的房间
可是不一会儿就熄灭了
因为我的手机没电了

行　囊

小小的男孩儿
背着大大的行囊
里面装的是他所有的家当

脚下踩的是崎岖的山路
他目光所看到的是远方
远方是一片光明的地方

等　待

放学了
我在大门口等妈妈
妈妈一直不来
我被冻得瑟瑟发抖
我心里说
妈妈
你再不来
我的眉毛
就要变成雪花飘飘了

上　课

老师在给我们讲《尼尔斯骑鹅旅行记》
我的目光飘向窗外
我听着老师讲课
我的魂儿
已经骑着尼尔斯的鹅去旅行了

赶往夏天

窗外的花又开了
我不知是什么花
叶子已送来冰激凌的味道
泳池里的水波
窗口吹起的风
我知道
那是赶往夏天的脚步

猫　眼

我喜欢猫
尤其喜欢黑夜里的猫
它的眼睛发着幽绿的光
我不敢直视它
我的灵魂会被它刺伤

我把它扛在肩上
让它的眼睛去巡视坏东西

土　堆

偶然看见小区楼下
运来一堆新鲜的泥土
没过几天
已经长出小草
已经有蚂蚁在挖洞

这些泥土可能是种树用的
小树就会在泥土中扎根
摇摆着长大
也可能是盖房子用的
就会有人去住

它随时都在养育
我们能给它什么呢

雨　丝

雨水从屋檐滴下
像若隐若现的风筝线
又像一根根时断时续的琴弦
我伸出手
想接住雨水
却弹奏出阵阵琴声

草在奔跑

雨中的草
齐刷刷地低头
再齐刷刷地抬头
疾风吹过
它们好像在集体奔跑
它们弯下腰
再直起腰
它们的脚扎在泥土里
并不畏惧摧残

压　倒

一阵大风吹来
路边的宣传牌子就要被刮倒
路边的环卫阿姨拼命抵住
眼看就被压倒在地
我非常担心她
却又无能为力
我想跑过去
和她一起用力抗住
可我是个坐在车上
急着去上培训班的学生

背书包

书包越来越重
幸好有老爸帮我背着

老爸说
往后你就自己背吧
你就要上初中
你自己已经长大
爸爸开始变老

我说你还要给我背着
那时你老了
我就背着你

雨中的一张纸卡

今早刚下过雨
我摇摇晃晃地走在小区的人行道上
周围都是水
水上漂着一张纸卡
纸卡上印着一个“鸟”字
水中倒映着我的身影
那个“鸟”字已经被泡得快要分离
但它的字迹依然清晰
这被印在纸卡上的“鸟”
是我在雨中见到的唯一一只“鸟”

小战争

麻雀的叽叽喳喳声
像是机关枪在发射
虫子荡来荡去
坠着一根丝线
在鸟叫的枪林弹雨中打秋千

线　条

我在纸上画下线条
我赋予它一个意义
它就变成了小溪
有鱼儿在里面游动

我又赋予它一个意义
它就变成了蛛网
上面粘着捕获的猎物

我又赋予它一个意义
它就变成了光芒
照在洁白的纸张上

但现在
它只是我画在纸上的一条线

火烧云

昨天的傍晚
天空出现了火烧云
美极了
偶尔有几只乌鸦飞过
我仰着头想了又想
原来云能下雨也能燃烧

死去的猫

一只猫在马路中央被车轧死了
我宁愿捧一捧土为它堆坟
盖在它的身上遮风挡雨
用刚开的迎春花为它做衣裳
下着的雨点儿在为它哭泣
我便摘下一片树叶
安放在它的额前

与妈妈诉说

妈妈
我想与你说
有时你对我很无奈
渐渐变成失望
有时你还偷偷哭泣
我看到你的头上有了白发
好像是一缕缕的哭泣声
但你的爱就在其中
已经不是变幻无常的云朵
而是越来越深的爱
如春天的风
始终如一地吹着我
我会像春天的花朵重新绽放

购 买

有一次我捡到一片树叶
用它买来一个夏天
阳光和蝉鸣
并赠送了一缕清风

买奶茶

孩子们排着长队
排着长队干什么

不是去看电影
也不是去坐公交车

我们都是来买奶茶的
阿姨的手
像一双兴奋的翅膀

我顶着落叶去买奶茶
落叶飘到袋子里
奶茶瞬间有了冬天的味道

阴天小雨

阴天小雨绵绵
像蚕丝
落在衣服上好像一根根线头
落在地上就消失得无影无踪
拿一把伞托着雨点
它们在伞面上织出了神秘的花纹

朋友来

分班后
我们不在一起了
我知道你分在十二班
你却不知道我分在了一班

今天下午
你利用课间休息
找遍了十一个班
却没有找到我

最后来到操场上
终于见到我
你在午后的阳光下笑笑
用手打了一下我的帽檐

好像你不辞辛劳找到我
只是为了打一下我的帽檐

黑　猫

美术教室的楼下
我遇见了一只猫
它很黑很黑
好像黑夜来袭
它的两只眼睛似星星闪烁
风吹得很大
旁边的花枝垂下来
扫到它的身上
它跑了
我才确定它是只真实的黑猫

效 率

作业太多
班里学生更多
老师为了高效批改作业
让我们把作业本
之前的作业
都用红绳系起来
以便不用一张又一张地翻页
只提一下
就翻到最新的作业
好像我们一升到初中
小学的经历
也要一下翻过

落　叶

学校的石子路上铺满落叶
一片金黄的梦境般的景象
好像油画大师笔下的旷世巨作

我想把这美景装在裤兜里悄悄带走
一边奔跑
一边将落叶归还大地

现在我每天都将这美景装到眼睛里
分享给他人

汽　水

小朋友说
将生牛肉捶打一千下
就会变熟
我恍然大悟
端起水杯使劲摇晃
摇晃一千下会不会变成开水呢
我晃完之后尝了一口
没有变成开水
但是变成了汽水

月 亮

下了晚自习
抬头看了看天上的月亮
它就一路跟着我
倾听我和同学间的悄悄话
为我照亮石子路
我多想用麻绳牵着它走啊
怕它跟不上我
可它每个夜晚
都会准时跟着我
是它的光线
牵着我们每一个看见它的人

妈妈的苹果

妈妈笑着朝我扔来一个苹果
我端详着
苹果因为干燥而长出了皱纹

看看妈妈那双劳累的手
也长出了皱纹

我咬了一口长了皱纹的苹果
它又温又甜
像有了皱纹的妈妈的爱

居　家

周六
我停课居家后第一次出门
下楼去
石子路上
一阵风从我身边经过
带来的是新冠感染疫情快要结束的消息
但愿寒风快快吹到尽头
我们好在春天沐浴着朝阳
继续奔跑在自由的春风中

吃柚子

剥开一个柚子
它多么甜啊
那是我的童年
回味一下
又有点儿苦
那是我的生活

一棵白菜

一棵白菜
我嗅到它的一片叶子
一种清寒的气息
深秋
霜后的日子
还有几声寒虫的鸣叫

一直到它被包成饺子端上来
我尝了一个
余香里带着些清寒

诗歌评论

非凡——给朵朵的短评

读朵朵的诗，我常常笑出声来，笑过后睁开眼，我就看见了一些非凡的东西，比如朵朵的想象、知识，她在生活中的善恶观、渴望、情绪变化等，在其诗中都是栩栩如生的形象，都是生动的表达，没有一句是空洞的说教。再比如，在诗中朵朵善用比喻说话，且她的比喻准确、传神、妙趣横生，在《脚步声》这首诗中，朵朵的比喻不仅写出了父母及自己脚步的状态，且巧妙地传达出了不同脚步声背后的情绪变化，非常老道的手法——比喻，这是诗歌语言表达的古老命门之一，朵朵小小年纪已叩响它的门环。

更为不可思议的是，朵朵诗的语言意识和形式意识萌醒，让我觉得，朵朵已知道控制说话的节奏、轻重、简繁，她已开始知道，哪些话既有意思，又可以引发别人的联想，比如在《父亲节》与《骑马》中，朵朵描绘出了她的日常生活，还不动声色地传达出了她对父亲的“同情”，以及和父母亲密的关系，尽管这些都下意识地藏在朵朵语言的意味深处，但很显然，父母会始终是朵朵诗歌灵感的来源之一。

而在《一路上》这首诗里，她看到太阳快要落山，就突发奇想：“把它抱下来 / 天就不黑了”，在孩子的夜里，也有一盏太阳的明灯啊。

雪松

雪松，著名诗人、书法家。曾获齐鲁文学奖、泰山文艺奖（文学创作奖）、齐鲁散文奖、《诗歌月刊》探索诗奖、第28届柔刚诗歌奖等。

与朵朵《回到地面》对诗

哎呀
那可不容易
再说我们也不想让你伤心
所以
可别笑过了头

易中天

易中天，知名作家、学者、教育家。2005 年央视《百家讲坛》“开坛论道”的学者，2006 年在央视《百家讲坛》主讲《汉代风云人物》《易中天品三国》，2008 年主讲《先秦诸子百家争鸣》。

后 记
童心与天性

朵朵出生在端午节，这一天是中国的“诗人节”，这真的是天赐吗？在她出生的前一天，窗外的槐树突然开了两朵花，她的乳名就是从树上来的，我和她爸爸给她取了学名王致柔，取自《道德经》第十章：“专气致柔，能如婴儿乎？”祝愿她永葆一颗童心，童心就是真心，童心就是思无邪。

孩子的天性是最充沛的，她能无碍无遮地接到天空的声音，能看到大地以及万事万物的面容。她与事物的每一次相遇都是一次惊讶，都是一声“啊”！

作为一个会写诗的孩子的妈妈，这是上天的垂青和眷顾。她的诗里写了那么多妈妈，有美丽的妈妈，有慈祥的妈妈，有抱怨的妈妈，有惆怅的妈妈，有带了几根白发的妈妈——这么多妈妈，那可都是我呀！

童年是人生最可贵的时光，有诗歌做伴，她的天空中就有了星星和云朵。

每一个孩子都是诗人，就看我们是否有一双善于发现的眼睛，她从牙牙学语就带着闪闪的诗句，一般的家长可能就会忽视掉，或呵呵一笑，而我们小心翼翼地收集起来。随着她的成长，她认字了，又会写字，她就开始写诗。

以童为师，如何与孩子共处，引导他们沿着自己的天性与自由去写作与阅读，这是必要而迫切的，因为我们可能正在犯着一种错误——用貌似美好的愿望把活泼而极具天性的小小生命机器化，又把美妙而生机勃勃的写作功利化，这不仅仅是错误，而是一种罪过。

我发现“学舌”是一种叙事的冲动。孩子们都有一种与生俱来的叙事冲动，她往往把最为刺激、最为精彩的外部事件，迫切地告诉她的亲人或朋友，这种最为原初的叙事冲动，我们在日常叫作“学舌”。我们说记叙有顺叙、倒叙、插叙、补叙。这样讲是很复杂、很细致的，但孩子的一番学舌中，一下子就可能选用了一个插叙，最深刻最打动人心，攫取了他人的注意力。她为什么讲得如此精彩，那是因为事件的发生首先吸摄了她自己，她把事件投射给她的影响而自然形成的说话顺序和盘托出就行了，最后是个补叙，说的是原因。这样何时、何地、何人、何事、何因、何果都有了，浑然天成而不觉。孟子曰：“人之所不学而能者，其良能也；所不虑而知者，其良知也。”这就是一个孩子的良能和良知，本然就有，生而知之。“其生色也，睟然见于面，盎于背，施于四体，四体不言而喻。”所以我们不要以为写作有多难，问题在于我们没有让他们释放出这种潜能，发挥出他们自由积极的一面。破除了枷锁的他们才能天马行空、奇幻多彩。

我们知道孩子往往在说“冒话”，其实“冒话”最接近自然之灵。孩子是通灵之体，孩子的“冒话”里有着直接天地、直承天机的能力。有一位研究儿童文学的作家说过：孩子是天生的诗人，诗人是永远的孩子。不仅如此，我们可以这样说，孩子是天生的作家，作家要有永远的童心，这是被无数的创作实践所证明了的。中华自古多神童，李白、骆宾王、白居易等比比皆是，西方的兰波、里尔克也都是少年天才。为什么？因为他们没有辜负上天给他们的童心，童心就是赤子之心。我们老师和家长都需要做一个有心人，学习童心，用童心去迎接童心，孩子的表现俯拾皆是，怎么说他们没表现呢？我们引导的意义，无非是努力打造一把钥匙，或者是在练习一个咒语“芝麻开门”，把孩子们的心扉打开，里边有取之不尽的宝藏。不但是写作，其他艺术皆然。以书画言，像毕加索、关良，大书法家谢无量的字被称为“孩儿体”，就是向孩子的笔性、笔形去学习。毕加索曾说过经典的一句话：“我能用很短的时间，就画得像一位大师；却要用一生的时间，去学习像孩子那样画画。”

诚实是必不可少的，说自己的话，不做“小大人”。很多人在教育中往往有一种不良的倾向——一种虚假造作的伪道德。将这种东西习惯性地传输给孩子，孩子也就习惯性地做了一个“小大人”。什么是“小大人”？就是模仿一个成年人在讲话，遮掩自我，隐藏真心，这是教育孩子最可怕、最失败的地方。这种习惯已经强大到潜意识里去，以规范和标准的名义遮蔽活泼的生命和自由的想象——“你总要我飞翔，你却亲手剪掉了我的翅膀”。

孩子同样需要挫折的磨砺，经历失败的痛苦是一笔财富。唯有经历苦难才能懂得苦难赋予人的意义，陀思妥耶夫斯基曾说：“我一直在考虑一件事情，那就是，我是否对得起我所经历过的那些苦难。”苦难是什么？苦难应该是土壤，只要你愿意把你内心所有的感受，隐忍在这个土壤里面，很有可能会开放出你想不到的灿烂的花朵。父母既不是我们在世界上诞生的必然根据，也不能成为保护我们免受人间苦难的可靠屏障。也许在童年的短暂时间里，我们相信在父母的怀抱中能找到万无一失的安全。然而，终有一天我们会明白，凡降于我们身上的苦难，无论是疾病、精神的悲伤还是社会性的挫折，我们都必须自己承受，再爱我们的父母也是无能为力的。马尔克斯在《霍乱时期的爱情》里说：“趁年轻，好好利用这个机会，尽力去尝遍所有痛苦，这种事可不是一辈子什么时候都会遇到的。”杜甫和欧阳修的诗里说“文章憎命达，魑魅喜人过”“诗必穷而后工”，就是强调一个人从小就有苦难意识，有挫败感，尝到失败之苦，这些往往会成为他们成长、成才、成就大学问、写出好文章的巨大储备和活水源泉。孩子们受些挫折，遭些批评，尝些打击，目睹最初的生老病死、爱恨忧愁，就会一辈子引为经验。所以不要让他们吃遍蜜糖，一帆风顺，无愁无忧，那样将来他们的文章里没有刻骨铭心的记忆。

阅读是一种最好的生活方式。一个经典的人物或情节里会流淌着众多人生。阅读不是看热闹，是人类历史、人类命运与个人生命的融通，是细流与河流的关系。孟子曰："有为者辟若掘井，掘井九轫而不及泉，犹为弃井也。"一个人跌宕起伏的经历是一笔资源，而背后的阅读尤其是经典的阅读，乃是人们精神的浩浩源泉。"读书破万卷，下笔如有神"，"读万卷书，行万里路"，道理也在这里。现在我们的教科书容量太有限，有的还比较陈旧，只能教会孩子们认识基本的语言常识，反过来也束缚了孩子们的想象与自由表达。怎么办？那就需要阅读，《安徒生童话》、《一千零一夜》、《伊索寓言》、四书五经、唐诗宋词、四大名著等，这都属于阅读的范畴。不光孩子读，老师和家长更要读，实现教学相长。一旦孩子们汲取这个源泉，就一发而不可收，这样就不再会有"弃井"了，写字可以临帖，作文也可以模仿，模仿大家的文章，时间长了就水到渠成。大人为什么也要读，就是要有分辨能力，什么样的写作才是好的，大人的价值与审美标准提升了，才可以正确地引导孩子，与孩子交流。

写作不单需要意义，更重要的是一种手艺。我们常常习惯地认为写作要有思想或者意义，其实人类的终极思想在圣哲那里早已完成，我们所谓的思想其实是一种观点、看法之类的东西。所谓"人类一思考上帝就发笑"，就是说人的自以为是的看法离真理是遥远的，然而人的高贵在于人是有思想的动物，不管是谁总在思考着，笛卡尔说："我思故我在。"就是如此之意。所以给孩子们讲写作，先预设一个主题思想加段落大意，这也是一种误导，主题与大意完全是在一个好的文章机体中自然化成的。其实无论是文学作品还是孩子的作文，更多的是一种手艺、一个引人入胜的故事、一个必不可少的细节、一个传神的动作、一个神奇的想象以及语言的微妙，构成了文章的档次与价值。为什么镜中花、水中月、日晕、毛边这些并不“重要”的东西，反而构成了审美与趣味，很多功夫都是落在语言微妙而动人的手艺上。维特根斯坦在《逻辑哲学论》里说：“我的语言的界限意味着我的世界的界限。”语言描述了世界，而语言不可能再被描述，所以说：“修辞立其诚，所以居业也”。对待语言要诚实，《中庸》曰：“诚则明，明则诚”。加上阅读的储备，孩子的写作就会神明出现，灵感闪耀，文如泉涌，挥洒自如……

以上是我陪着朵朵读书、写作中的一点体会，肯定有自己的偏见，每一个孩子都有写作的天赋，这需要我们把翅膀还给他。刘勰在《文心雕龙》里这样说：“文之为德也大矣，与天地并生者何哉？夫玄黄色杂，方圆体分，日月叠璧，以垂丽天之象；山川焕绮，以铺理地之形：此盖道之文也。”这大概就是孩子将来去写的诗与文吧。

我盼着朵朵和她的朋友们一生与诗文相伴，写出生命的灿烂篇章。

于福枝（滨州市广播电视台记者、朵朵的母亲）